KB264425

사고 다발 지역
지구대
거미축구장
갬갬이네
도깨비 호수
달공이네
봉붕 아파트
무당이네
깨비 워터파크
풍뎅 아저씨 댁
미술관
사탕가게
마을 지도

지렁 할머니 댁
방앗간
다 고쳐요 달퐁 병원
달퐁 병원 직원 기숙사
깨골댐
휴양림 펜션
색 캠핑장
주민 쉼터
송충대학교
숲속 도서관
출렁다리
우체국
주경기장
온천
편의점
달래 1동 주민센터
은방울 종
보호수
마을 정자
빙빙랜드
매일책방
공공 텃밭

다 고쳐요!
달퐁 병원

송은미 글·안선선 그림

달리

환자를 반드시 고치고 말겠다는
내 마음가짐을 담은 이름이지.

가장 인상 깊은 환자가 있느냐고?
다 특별하고 기억에 남지만
최근 상태가 정말 심각한 환자가 있었지.

휴, 그때 생각만 해도 아찔하군.
박꿀벌 님~
달퐁광장
와 - 예뻐라.
마귀 씨도 예뻐요.
수술 잘됐어.

여러분도 알다시피
개미들은 엄청 부지런하잖아.

이 개미 부부도 둘째가라면 서러울 정도로 열심히 일했어.
여름날에도 땀을 뻘뻘 흘려 가면서 말이야.

하지만 아들 갬갬이는 좀 달랐어.

일을 마치고 집으로 돌아갈 즈음에서야 웃음꽃이 폈어.
집에 가면 여섯 다리 쭉 뻗고 쉴 수 있으니까.

쉴 생각뿐이던 갬갬이 머릿속에 마침 기가 막힌 생각이 하나 떠올랐지.

깽깽이네

갬갬이는 눈치를 살피다가 말을 꺼냈어.

그래, 개미 부부는 아들이 이토록 원하니
하루쯤 쉬기로 했어.

오랜만의 나들이에 개미 가족 모두가 한껏 들떴지.

하지만 행복한 시간은 오래가지 못했어.

짓궂기로 소문난 아이들이
개미 가족을 발견했거든.

심심한데 잘됐다.
크크크

아이들이 움직이니
지진이 난 것처럼 땅이 쿵쿵 울렸지.

그리고 생각만 해도 끔찍한 일이 일어났어.

기분이 이상해.
아이구, 어지러워라.
가엾게도 부부의 몸이 납작해지고 말았지.
재미없다. 가자!

갬갬이는 어찌할 줄 몰라 울고만 있었어.

어쩜 좋아.
엄마아아~
아빠아아~
완전 납작해졌네!

때마침 내 조카 달공이가
사고 현장을 지나가지 않았다면 어떻게 되었을까?

엄마, 아빠.
꼭 원래 모습으로 돌려놓을게요!

엄마 아빠를 고칠 수 있다니
갬갬이는 서둘러 달퐁 병원을 향해 떠나기로 했어.

급한 대로 엄마 아빠를 커다란 나뭇잎에 태웠는데,
무거운 잎사귀를 끌고 언덕길을 오르는 건 여간 힘든 일이 아니었다더군.

여보~!
으가가
뻥~!

특히나 발을 헛디뎌 물에 빠졌을 땐,

이제 다 끝이라고 생각했대.

다행히도 운이 좋았어.
우리 병원 응급 기동대장 짹짹이가 이들을 물속에서 구조했거든.

친구 부모님께서
다치셨어요.
달공이네

다 고쳐요 달퐁 병원에서 왔어유.
달공 군이 접수를 했으니께
어서 타셔유.

누구세요?

짹짹이와 함께 병원으로 오는 길에도
개미 가족은 걱정이 이만저만이 아니었대.

직원휴게실
신경외과
접수·수납
253
3시 예약 가능하세요.
어디서 오셨어요?
지네 선생님 약초 하나만 주세요

영상의학과
간지러워.
가만히 계세요~
치과
으애애앵
4 ㄷ ㄱ
ㄹ ㅇ ㄲ
가요!
검사실

365일 진료
방역 안심 병원
• 일 2회 방역 소독
• 손 씻기 의무
• 진료전 체온 측정
당기세요

상태는 달공이에게 들은 것보다 더 심각했어.

어서 오세요!
달퐁 병원입니다!
아가들 꿀이 필요해요!
옹알 옹알
두 번만 더!
아이고-
금방 갑니다~!
재활치료실
한 바퀴 더!
으아
약초 얼마나 땄겨?
손이 모자라네.

산부인과
고생했어요.
알이 곧 나와요.
습도 체크
7/1 7/2 7/3
온도 체크
7/1 7/2 7/3
소아과
조제실
187
진료실로 가자!

다 고쳐요 달콤 병원은
늘 열려 있습니다.
여러분의 든든한 병원

간질
간질
아이고, 간지러워라!
흠, 상황이 좋지 않군요.
네?
하지만 걱정하실 필요는 없습니다.
원래 모습대로 완치될 수 있으니!

일단 효과가 좋은 치료들을 모두 시도해 보았는데,

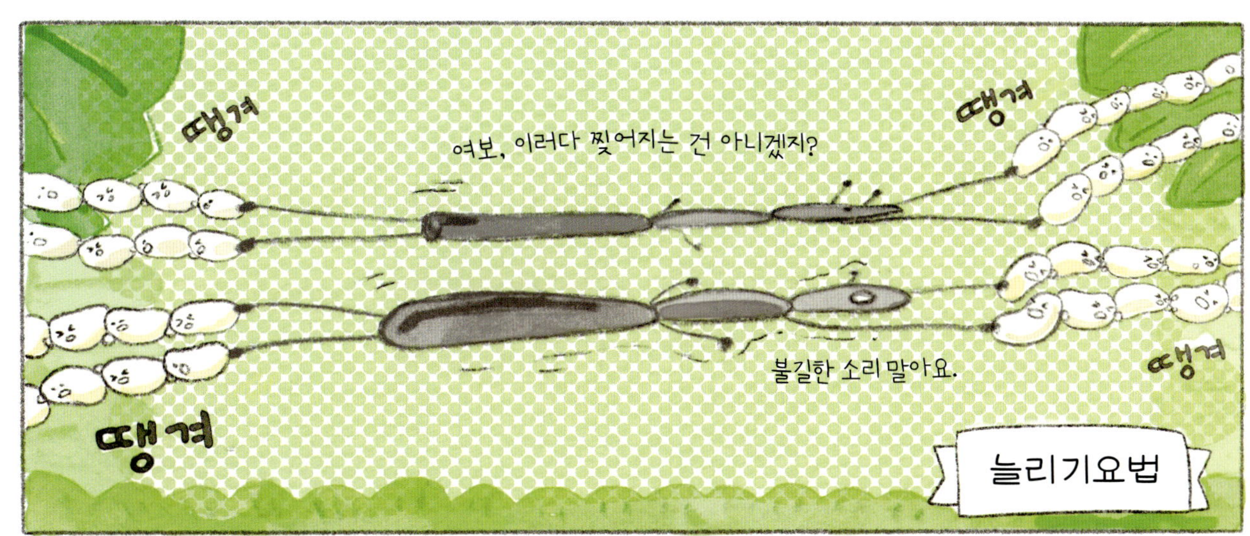

땡겨
여보, 이러다 찢어지는 건 아니겠지?
땡겨
불길한 소리 말아요.
땡겨
땡겨
늘리기요법

띠웅~

선생님, 치료가 되고 있는 건가요?

영……듣질 않더군.

고민 끝에 펌프 치료를 하기로 했지.
위험해서 웬만해서는 쓰지 않는
그야말로 최후의 수단이었지.

자, 시작하겠습니다.

엄마 아빠가 제발
무사히 돌아오게 해 주세요.

싸~ 쑥쑥

슈슈슈쉬쉭
슈슈슈슈슉 슉쉬슉슉 쉬쉬슈슉 쉬쉭 슈슉쉭
슈슈슈슈쉬슉
쉬시쉬식
쉬식식
슈쉬쉭
슈슉쉭
쉬식식
슈슉슉
쉰슉쉭
슈슈슉
슈슈슉쉬
슈슈슉쉭
쉰슉쉭
슈슈쉬
슈슈슉쉬
쉬쉬슉
슈슉쉭
쉬쉭쉭

갬갬이의 간절한 기도 덕분인지
개미 부부의 몸이
조금씩 부풀어 오르기 시작하더니……

이앗

납작개미

'펑!'
작은 개미 두 마리가 부풀어 오르는데도
모두가 놀랄 만큼 커다란 굉음이 울렸어.

호!!

탈출이다!

개미 부부의 몸이 원래대로 돌아온 거야.

휴, 의사 생활 수십 년 만에
이렇게 힘든 치료는 처음이었어.
치료 과정을 지켜본 모두가 환호했지.
의사로서 보람을 느낀 하루였어.

고생 많았어요!
축 퇴원
을 축하해요
고맙다.
갬갬아!
행복하세요!
최고다!

이들은 지금 어떻게 지내느냐고?
잘 지내고 있지. 예전처럼 열심히 일하면서 말이야.

어때?
여러분도 이들이 행복하고 건강하게 살아간다니 기쁘지?

혹시 다른 생명체를 괴롭히는 친구들을 보걸랑 이 얘기를 꼭 들려줘!
병원이 문을 닫아도 좋으니 다치는 곤충이 하나도 없는 날이 왔으면 좋겠어!
그게 정말 내 바람이라고!

글_송은미
중앙대학교에서 경영학을 전공했고 서울대학교 MBA를 수료한 뒤 국내 제조업체에서 해외영업 업무를 담당했어요.
퇴사 후 두 아이와 지내며 엉뚱한 상상을 즐기고 있어요. 새로운 영감을 주는 두 아이 덕분에 이 이야기도 만들게 되었습니다.

그림_안선선
애니메이션을 전공한 후 지금은 그림을 그리고 책을 만드는 일을 하고 있어요.
우연한 기회로 그림책 작업을 하게 되어 성취감과 보람을 느끼며 행복한 마음으로 작업했습니다.

1판 1쇄 펴냄 2023년 9월 1일
1판 3쇄 펴냄 2023년 11월 30일

글 송은미 | 그림 안선선
편집 정재은 | 디자인 안선주 | 제작 심흥섭 | 기획·마케팅 안선주
펴낸이 박소연 | 펴낸곳 (주)도서출판 달리
등록 2002.6.4(제10-2398호)
주소 04008 서울특별시 마포구 희우정로 16길, 17-5
전화 02)333-3702 | 팩스 02)333-3703
ISBN 978-89-5998-468-8 77810